Para

Un trocito de los TZELTALES en Chiapas, México

Un abrazo

El olor de la esperanza

MONTAÑA
ENCANTADA

Silvia Dubovoy
Ilustrado por Maria del Roser Chalamanch
y Efraín Rodríguez Tsuda

El olor de la esperanza

EVEREST

Dirección Editorial: Raquel López Varela
Coordinación Editorial: Ana María García Alonso
Maquetación: Cristina A. Rejas Manzanera
Diseño de cubierta: Jesús Cruz

Carretera León-La Coruña, km 5 - LEÓN
ISBN: 84-241-8714-8
Depósito legal: LE. 1210-2004
Printed in Spain - Impreso en España

EDITORIAL EVERGRÁFICAS, S. L.
Carretera León-La Coruña, km 5
LEÓN (España)
Atención al cliente: 902 123 400
www.everest.es

Para Quetín,
quien ha hecho que la esperanza,
para mí, sea más que un olor.

Un enjambre de alas cubría de colores el cielo de Tenejapa. Las colas de las cometas, como caballos al galope, se mecían al vaivén del viento, y un coro de risas inundaba el pueblo.

Los brazos de los niños se extendían, se contraían, subían y bajaban, y los ojos buscaban altura.

Las cometas de pronto permanecían quietas y los niños se quedaban con la sonrisa en los labios, el corazón palpitante y un temblor en los dedos de las manos.

Era una de esas tardes que parecían más de plata que de oro.

Desde la puerta de su casa Emiliano miraba sin ver el suelo. Las lluvias habían anegado sus campos y gran parte de la cosecha se había perdido. Necesitaba el grano de ocho mil mazorcas para alimentar a su familia durante el año. Sin ellas no habría suficientes tortillas, *atole*, ni *olotes* para el fuego.

Con esas mismas lluvias habían llegado los caracoles. A Jacinto, hijo de Emiliano, y a sus amigos les encantaba verlos. Caminaban muy lentamente, llevando su caparazón a cuestas. Los caparazones parecían iguales, pero los niños descubrían estrías distintas, formas más o menos alargadas, tonalidades claras u oscuras y mayor o menor número de rayas. Cuando Jacinto los encontraba en el camino, los hacía a un lado para evitar que alguien, sin darse cuenta, los pisara.

Las estrellas nacían y la luz de las velas se encendía en la noche de las chozas cuando mamá Carmela extendió su mantel recién bordado sobre la mesa. Encima colocó cinco jarros de atole.

Emiliano, arrastrando los pies, se sentó y en silencio saboreó su atole mientras Jacinto y sus dos hermanas bebían entre risas.

Al terminar, los niños se relamieron los labios, se dirigieron al *petate* y se acostaron a dormir.

Mucho rato después, cuando mamá Carmela terminó de recoger y lavar los jarros, Emiliano apagó las velas y se fueron a acostar.

—Me voy a San Cristóbal de las Casas —murmuró.

—¿Cuándo?

—Mañana. Y quiero que Jacinto venga conmigo.

—Apenas va a cumplir los ocho.

Y mamá Carmela se acurrucó en la esquina del petate y se cubrió con el rebozo, sin poder cerrar los ojos.

Emiliano se levantó varias veces a caminar por el cuarto.

—Vas a despertar a los niños —susurró mamá Carmela.

El canto de los gallos los sorprendió sin dormir, y cuando el frescor de la madrugada despertó a todo el pueblo, Emiliano se acercó a Jacinto.

—Alístate.

—¿Para qué, papá?

—En dos horas salimos para San Cristóbal.

Tras la puerta, las niñas escuchaban.

El humo de los fogones salía de las casas y el pueblo se envolvía en un olor a tortillas recién hechas.

Carmela puso el canasto de las tortillas encima de la mesa, calentó los frijoles y todos se sentaron a almorzar. Al terminar, las niñas se levantaron tras Jacinto y lo acompañaron a recoger su *morral*. Emiliano, al despedirse, abrazó a sus hijas y Jacinto les sonrió.

—Ayuda a tu padre. Y pórtate bien —dijo mamá Carmela y le dio un beso en la frente.

Emiliano y Jacinto bajaron la loma entre riachuelos que arrastraban lodo y piedras. Cuando voltearon hacia al pueblo, Jacinto miró a su madre y a sus hermanas. En las manos agitaban sus pañuelos como si fueran cometas.

Un viento leve movía apenas las hojas de los árboles.

En el camión, Jacinto se sentó junto a una ventanilla, pegó la frente al vidrio y no la despegó hasta San Cristóbal.

Al bajar, quedó paralizado: como relampagueos, coches, camiones y motocicletas pasaban sin cesar y un rugido llegaba de todas direcciones. Unos pasos más allá apretó la mano de su padre y caminó entre piernas que parecían tron-

cos de un bosque móvil. Lejos, muy lejos, vislumbraba el cielo azul.

Llegaron al mercado y se encontraron entre el rojo de los *jitomates*, el naranja de las mandarinas, el amarillo de las *guayabas*, el verde de los *chiles* y el morado del maíz. ¡Aquello era un arco iris! ¡Y podía tocarse! ¡Y tendría sabor!

Curiosearon entre los laberintos del color y el olor y de un momento a otro el mercado se quedó silencioso y solitario.

—Vamos a merendar —dijo Emiliano.

Al salir del merendero caía la noche y se encendían los faroles. Jacinto corrió de un poste a otro y saltó en torno a ellos. Eran altos, y su luz iluminaba todo a su alrededor.

Después de un rato el niño empezó a bostezar y su padre, al darse cuenta, lo tomó de la mano y buscaron un lugar poco iluminado para pasar la noche. Acurrucados uno junto al otro, se quedaron dormidos.

Unos puntapiés los despertaron y Jacinto vio, entre sueños, la silueta de un hombre muy alto, con una gorra en la cabeza y una *macana* en la mano.

—Este lugar no es para dormir…

Emiliano cargó a Jacinto y en el portón de una vieja casona se sentó, se recargó en el

muro y colocó la cabeza del niño sobre sus piernas.

La claridad era lechosa cuando abrieron los ojos.

Vendedores de *tamales* y atole ya estaban con sus humeantes botes en la explanada del mercado.

Después de un tamal de chile verde y un atole con canela, Emiliano y Jacinto se dirigieron a las bodegas.

Un olor entremezclado de frutas, verduras, hierbas frescas y plantas medicinales les recordó los domingos de plaza en Tenejapa.

Entre el vaho de esos olores el niño se sintió como uno de los caracolitos con que jugaba: cuando les tocaba los cuernos, se contraían y se metían en su concha. Metió su mano en el bolsillo del pantalón de su padre y arrastrando los pies lo siguió de vendedor en vendedor, mirándolo arrojar la mercancía en un costal. Cuando el costal rebosaba de calabazas, chiles, *chayotes* y *papas*, ayudó a arrastrarlo.

En la explanada del mercado buscaron un lugar para poner su mercancía. Los mejores estaban ya ocupados. Jacinto descubrió uno pequeño y lo señaló a su padre. Allí vaciaron su costal y sobre él hicieron montoncitos de verduras.

—No tardo —dijo Emiliano, y el niño volvió a pensar en sus caracolitos: llevaban un caparazón grande y pesado.

Su padre regresó con dos latas de sardinas vacías.

—Para los chiles. Serán nuestra medida.

Y agregó:

—Cuando veas que alguien se acerca, grita: ¡Cuatro pesos la lata de chiles! ¡Lleve su montón de calabazas, papas, chayotes!

Un señor se acercó y Jacinto tomó aire, infló los cachetes y quiso lanzar su primer grito, pero la voz no le salió.

—¿Qué pasó con el grito, Jacinto?

Un joven se acercaba.

—¿A cómo la lata de chiles? —preguntó.

—¡A cuatro pesos! —contestó Jacinto con un grito.

—Están caros. ¿Cuánto es lo último?

—Tres —dijo Emiliano.

—Deme dos, pero bien escogiditos, eh.

Faldas negras de lana, blusas bordadas, rebozos, sombreros redondos con listones colgantes, blusones de algodón amarrados a la cintura con cintas de colores, pantalones de mezclilla,

huaraches, botas, bolsas y morrales desfilaron toda la mañana.

Y entre tantos colores yendo y viniendo, Jacinto pensó en las cometas revoloteando en el cielo de Tenejapa, ascendiendo y derrumbándose, según el humor del viento.

Y pensó en sus amigos: él ya no podría saltar ni correr ni soltar hilo.

—No te quedes callado, hijo, sigue gritando.

Y el niño volvió a tomar aire y gritó hasta desgañitarse.

La danza de la ropa disminuyó y el mercado regresó lentamente al silencio. Entonces echaron al costal las latas vacías y las calabazas sobrantes. Emiliano se metió la mano al bolsillo, sacó el dinero y lo contó.

—¿Ganamos algo?

—Poco.

Un olor a comida, delgado como el hilo de una cometa, les llegó a la nariz. Siguieron el olor y éste los llevó hasta un puesto de *quesadillas*.

Emiliano pidió tres.

Al entregarle el plato a su hijo, tomó una y le ofreció las otras. Al terminar, observó con ansia el plato de Jacinto y éste se lo extendió.

—¿Quieres la que queda?

—No tengo hambre.

Y el niño se comió hasta la última migaja.

Mientras se chupaba los dedos, se encendieron los faroles. Jacinto imaginó gigantescas luciérnagas prendidas en lo alto de los postes, pero ahora se limitó a mirarlas de lejos.

—Andando —dijo su padre—, que todavía tenemos que buscar dónde pasar la noche.

Tomados de la mano recorrieron oscuras callejuelas hasta una casa vieja donde se rentaba un cuarto. Tenía dos bancos de madera y

una mesa, y sobre ella amontonaron sus cosas. Un pequeño catre arrimado a la pared ocupaba casi la mitad del espacio. Se tumbaron en él y pronto el niño escuchó los ronquidos de su padre mientras él seguía pensando en sus caracolitos. Cuando empezaba el frío, se encerraban en su concha y dormían hasta la llegada de la primavera. Finalmente el niño se cubrió con la sábana y se quedó dormido.

Con el primer rayo de sol, volvieron al mercado. Era día de plaza y desde las cuatro de la mañana habían empezado a llegar de todos los alrededores de San Cristóbal los vendedores.

Con su costal lleno, y entre empujones, Emiliano y Jacinto fueron abriéndose paso para buscar un lugar.

Un vendedor ambulante, con una hilera de jarros en cada uno de los hombros, venía en sentido contrario. Jacinto se paró de golpe.

—¿Ya viste los jarros, papá?

Emiliano detuvo al vendedor, dejó el costal en el suelo y revisó los jarros.

—¿Te gusta alguno? —preguntó a su hijo.

—¡El de la flor azul!

Compraron dos iguales y el vendedor se perdió entre la multitud. Jacinto siguió con una de sus manos la forma del jarro, acarició las partes lisas, palpó las ásperas y se asomó dentro. El interior estaba reluciente. Luego, alzó la vista.

No había un solo sitio donde extender la mercancía. Muy al fondo encontraron uno, pero pronto se dieron cuenta de que toda la actividad estaba en el centro.

El sol quemaba. A Jacinto apenas le salía la voz y cada palabra le lastimaba la garganta.

Quien gritaba ahora con todas sus fuerzas era Emiliano.

Los minutos se volvieron horas y el puesto siguió vacío. De tanto sol, los chayotes y las calabazas se reblandecían.

Emiliano y Jacinto se quedaron hasta el atardecer. Sólo unas pocas papas y un montoncito de chiles lograron salvarse. El resto fue a la basura.

Metieron lo que servía al costal y en silencio emprendieron el regreso. En silencio cruzaron junto a los faroles, en silencio pasaron frente al puesto de quesadillas y en silencio recorrieron las callejuelas hasta la vieja casa.

Varios niños jugaban a las canicas en el patio. Al pasar junto a ellos Jacinto cerró los ojos y volvió a abrirlos hasta que por sus voces supo que habían quedado atrás.

—¿Qué haces, Jacinto?

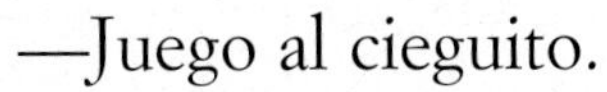

—Juego al cieguito.

—Nomás no te vayas a caer.

En silencio entraron a su cuarto, dejaron el costal en el suelo, colocaron los jarros sobre la mesa y se sentaron.

Mucho rato después Jacinto tomó su jarro y le miró el fondo reluciente y vacío. Lentamente se lo llevó a los labios, lo sopló y se le oyó sorber. Tomó después el de su padre, se lo ofreció, y al mismo tiempo se los llevaron a la boca. Juntos soplaron, como si el contenido del jarro estuviera muy caliente. Juntos sorbieron y una sonrisa fue extendiéndose en la cara del niño, como si disfrutara del dulce y aromático atole de su madre.

Repitieron el juego tres, cinco veces, y cuando Jacinto vio las lágrimas en los ojos de su padre, se echó al catre y pegándose a la pared se quedó dormido.

Horas después sintió frío en su sueño y se vio atrapado entre la fuerza invisible del viento. Lo levantaba el aire, lo abatía y por momentos lo dejaba suspendido y tenso. En una y otra dirección lo llevaron las corrientes, le dieron volteretas, y cuando el viento dejó de soplar supo que él era una cometa y cayó vertical, casi hasta el suelo. Sintió su cola haciéndose pedazos, chocando con los matorrales y las rocas. Una corriente volvió a elevarlo casi hasta las nubes y desde arriba vio a su madre saliendo del molino de *nixtamal*. Su cuerpo se doblaba bajo el peso de la cubeta de la masa, pero él vio desde arriba que la cubeta nada contenía.

Y desde lo alto vio su casa, sin techo. Sus hermanas, sentadas a la mesa, se servían frijoles de una olla vacía y tomaban del canasto tortillas que no existían.

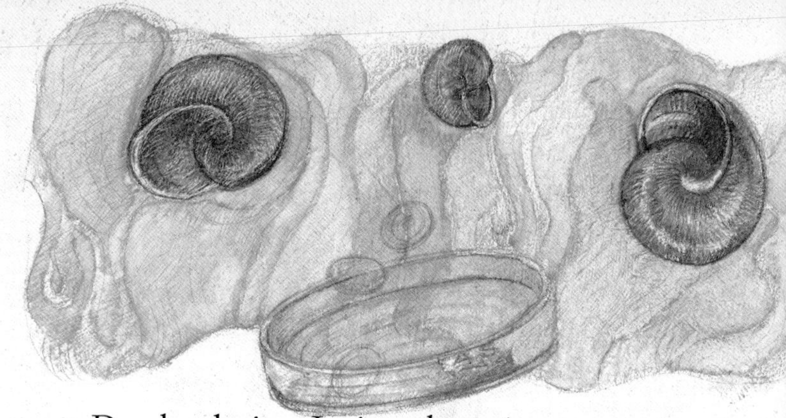

Desde el aire, Jacinto buscó a sus amigos. Ninguno estaba. Igual que sus caracolitos, estarían, ocultos, descansando, durmiendo.

El viento volvió a arrastrarlo y vio edificios transparentes, zonas muy iluminadas, calles atestadas de coches, casas con grandes ventanales, extensísimos jardines, árboles con formas de animales y un pasto verde, terso y bien cortado.

Sobrevoló un lugar sin techo donde hervían enormes *peroles* con guisos deliciosos, cazos de sopa de verdura, de lentejas, monumentales ollas donde se arrojaban caracolitos vivos en el

agua hirviente, cacerolas rebosantes de arroz, planchas gigantescas de color plateado donde se asaban inmensos trozos de carne. Con grandes cucharones, palas y pinzas, hombres de blanco, con enormes gorros, sacaban la comida, la colocaban en platos hondos y extendidos y los llevaban a las mesas.

Los comensales probaban uno, otro plato, lo dejaban casi intacto y pedían más y más, hasta que cada mesa terminaba atiborrada de platos llenos de comida.

Personajes vestidos de negro los retiraban, formaban una larga cola para vaciarlos en un descomunal vertedero donde oprimían un botón y toda aquella comida se trituraba y se iba por el caño.

Jacinto quería ver más de aquel lugar de la abundancia, pero alguien *jaló* el hilo de la cometa que él era y la fuerza del viento lo disparó encima del mercado de San Cristóbal y se vio a sí mismo en medio del barullo vendiendo chiles en una lata de sardinas.

—Compro tu lata —le decían.

Y entregaba la lata que nada contenía y le extendían unas monedas invisibles.

—¿Qué te pasa, hijo? —preguntó su padre al oírlo sollozar—. ¿Te sientes bien?

Jacinto abrió los ojos y con la vista recorrió el cuarto.

—Soñaba que soñaba —dijo, y con la mirada fija en las grietas del techo intentó recordar el sueño.

—Levántate, que se nos hace tarde.

Pero el niño pareció no oírlo.

—¿Te pasa algo?

—Creí que seguía soñando.

A oscuras salieron al mercado y encontraron muy buen sitio.

—Espérame aquí, no tardo.

El niño se acuclilló y se frotó las manos.

—Ni de noche ni de mañana mis caracolitos tienen frío —murmuró—. Ellos saben cómo cubrirse.

Emiliano regresó. Traía lentejas, habas, frijoles y chiles secos.

—¿Cómo conseguiste eso?

—Pedí prestado.

—¿A quién, si nadie nos conoce?

—A don Matías. Por cada peso le tengo que regresar veinte centavos más al final del día.

—¿Y cómo grito ahora?

—¡Barata! ¡Barata! ¡A tres pesos la lata! ¡Pásele! ¡Pásele!

Entre gritos el día se fue y se fue la mercancía.

Antes de las seis fueron a pagar la deuda.

—¿Y sobrará algo para comer? —preguntó Jacinto.

Emiliano asintió.

Los ojos del niño brillaron como dos luciérnagas. Apretó el brazo de su padre y desde lejos olió la comida. Su estómago hubiera querido adelantarse, encontrarse ya frente al plato.

Emiliano pidió dos platos de *pozole* y dos vasos de agua de limón.

Al entregárselos, fueron a sentarse a la mesa más lejana y saborearon su comida en silencio.

Cuando terminaron, Emiliano se echó el costal al hombro y, con Jacinto unos pasos atrás, caminó en sentido contrario al del cuarto donde vivían.

—Por aquí no es.

—Vamos al centro.

Desde lejos, a Jacinto le llegó un sonido de vainas secas, llenas de semillas, que al agitarse producían sonidos como de agua pasando entre las piedras, como si cientos de pájaros de viento y de metal lanzaran sus trinos. El sonido crecía.

En la plaza mayor, desde lejos, vio las trompetas, los saxos, los trombones, las flautas, centelleando a la luz de los faroles. "Pedacitos de sol", pensó. Y al acercarse y descubrir que los hombres soplaban por un extremo y por el otro salía el sonido, rectificó: "Trozos de sol ruidoso", dijo.

Guitarras, *güiros*, maracas y *marimbas*, al rascarlos, dejaban escapar una carcajada de madera. Los platillos eran como las piedras que Jacinto y sus amigos entrechocaban mientras iban al río, pero cien veces más sonoros.

Entre esa cascada de ruidos agudos, graves, acuáticos y aéreos no había confusión.

—Es la música —dijo su padre.

Y Jacinto se imaginó que alguien había encerrado en aquellos instrumentos el sonido del río, de la lluvia, del viento, de los truenos, el canto de los pájaros, las risas de sus hermanas,

y cuando los instrumentos callaban por un segundo, le parecía oír el sonido tenue de los pasos de su madre, el caminar de los caracoles y el vuelo de las cometas.

En torno de Jacinto fueron y vinieron carritos de helados, dulces, globos, pelotas y algodones de azúcar de colores, pero él ni siquiera los miró.

De regreso marchó simulando sonidos de trombones y platillos. Su padre fingía tocar la flauta. Hicieron un alto en la explanada del mercado, bajo un farol; Emiliano fingió soplar su flauta en el oído de Jacinto y éste dejó escapar la cascada de su risa.

Aquella noche Jacinto tardó en conciliar el sueño. En su cabeza se repetían una y otra vez los acordes de la banda y las imágenes de él con su padre, marchando por las calles.

A media noche empezó a vociferar.

—Plato, comida, cuchara... ¡La tortilla!... La cubeta de mamá no tiene masa para hacer tortillas... —repetía una y otra vez.

Su cuerpo estaba bañado en sudor y su frente ardía cuando lo despertó su padre.

—Jacinto, Jacinto, ¿qué te pasa?

—Quiero a mi mamá..., quiero a mi mamá... ¿Dónde están mis hermanas?

Emiliano fue por una cubeta de agua, le dio de beber y le puso paños fríos en la frente. Los estuvo cambiando hasta la madrugada.

Jacinto seguía con los ojos cerrados, pero la imagen de la comida yéndose por el caño se repetía una y otra vez en su cabeza. Y una y otra vez sintió la mano de su padre acariciándole el pelo, la frente, las mejillas, y ya de mañana, se quedó dormido.

Sólo entonces Emiliano salió a apartar su lugar en el mercado. Regresó con un jarro de atole y pan dulce. Los puso sobre la mesa, esperó a que su hijo abriera los ojos y le llevó jarro y pan hasta la cama.

—¿Te sientes mejor? —preguntó, al tocarle la frente. La fiebre había cedido.

—¿Te gustaría..., te gustaría vender dulces para regresar más pronto a casa?

A Jacinto le brillaron los ojos.

—¿Vamos a comprarlos ahora?

—¿Seguro que te sientes mejor?

Y uno al lado del otro se dirigieron a un expendio de dulces.

Compraron cajitas de chicles de colores, *paletas*, dulces de mango y de guayaba y los acomodaron en una tablita.

—No vayas a alejarte del mercado. Si me necesitas, búscame.

El padre tomó por la derecha, Jacinto por la izquierda, y a unos cuantos pasos, con la ilusión de regresar cuanto antes con su mamá y sus hermanas, comenzó a pregonar su mercancía.

Antes de rebasar la cuadra hizo su primera venta.

En la plaza mayor, un niño de su misma edad vendía servilletas bordadas; otro, un poco más allá, títeres.

Se llamaban Jerónimo y Manuel, y todos los días venían de San Juan Chamula. Al despedirse, Jacinto se fue con la alegría de haber encontrado, al fin, dos amigos.

En uno de los extremos de la plaza se le acercaron tres muchachos. El mayor tomó tres cajitas de chicles.

—Vale cincuenta cada una —dijo Jacinto, cuando el muchacho arrojaba una caja a cada uno de sus amigos.

—¡Agárralas si puedes! —y las cajas volaban encima de Jacinto.

—Devuélvanmelas.

—Si adivinas los sabores —aunque hubiera querido, Jacinto no habría podido porque no conocía los chicles de sabores.

—Regrésenmelas.

Los jóvenes sacaron los chicles, se los echaron a la boca, le arrojaron las cajitas vacías y siguieron su camino.

Jacinto sacó su pañuelo, se sonó la nariz, se secó el sudor y con la vista fija en los adoquines, se dirigió a una banca. Al sentarse descubrió un hilito de plata. Lo fue siguiendo y encontró un caracol. Lo colocó en la palma de su mano, acarició su caparazón y lo llevó al tronco de un árbol.

—Si te dejo en el suelo, cualquiera podría pisarte —le dijo.

—Chicles, paletas, dulces frescos de guayaba y de mango —continuó voceando.

Jóvenes, niños, ancianas, hombres y mujeres de edad madura se detuvieron a su lado y él les endulzó el día. Al llegar la tarde volvió a la banca, metió la mano en el bolsillo y contó las monedas.

A lo lejos vio a su padre.

—¿Te fue bien?

Y le mostró la tabla vacía.

—¡Mejor que a mí! —y Emiliano le acarició la mejilla y juntos caminaron a una fonda donde pidieron sopa y guisado. Al salir, Jacinto le extendió a su padre una de las dos paletas

que había guardado y éstas les alegraron el camino de regreso.

En el cuarto, sobre la mesa, vaciaron sus bolsillos. De un lado las monedas, los billetes del otro. Emiliano contó, separó una moneda de cinco pesos y se la dio a su hijo.

—¿Y esto para qué?

—No sabemos qué pueda ofrecérsete mañana —dijo al envolver el resto en su pañuelo.

El día amaneció con neblina. En el camino la niebla se hizo tan espesa que si Jacinto estiraba la mano apenas se distinguía los dedos.

—No te veo —dijo a su padre y se agachó a tocar el suelo para sentirse menos perdido.

—¿Dónde estás?

—Sigue hablando para que por la voz pueda encontrarte —dijo su padre.

—¡Aquí! ¡Aquí! —repetía.

—¡Ay! —gritó, al darse un frentazo en la rodilla de su padre. Ambos soltaron una carcajada y tomados de la mano esperaron a que la niebla se levantara.

Poco después reanudaron su camino.

—Cuídese, mi muchacho —recomendó Emiliano al dejarlo en la puerta de la dulcería—. No se me aleje mucho.

—Dulces frescos de mango, de guayaba…, paletas, chicles… —fue repitiendo por rumbos no recorridos hasta entonces.

De pronto se encontró frente al aparador de una juguetería. Había juguetes de madera, de hojalata, de tela, de estambre, de palma, de barro y… al posarse su vista sobre un caballo de madera café, con crines blancas, sostenido en cuatro ruedas, el resto de los juguetes quedó en la más densa de las nieblas.

Los ojos del caballito parecieron mirarlo. Dio Jacinto tres pasos a la derecha y los ojos lo buscaron. Tres a la izquierda, y hasta le pareció oírlo relinchar. El niño pegó la frente al vidrio del aparador y en ese instante, como si saliera

de la niebla, un puño golpeó el cristal y con un movimiento rápido le ordenó que se alejara.

Desde la banqueta de enfrente se quedó mirando el caballito hasta que algo frío le tocó la mejilla. Un perro lo olisqueaba. Sus ojos lo miraban fijamente. Jacinto esbozó una sonrisa y el perro empezó a menear la cola.

El niño se levantó, caminó calle abajo y el perro lo siguió toda la mañana. Hacia el mediodía, en algún callejón, desapareció. El niño pensó que el perro, igual que él, andaría perdido.

Chicles, dulces frescos, paletas, chicles…

Fue a buscar a sus amigos, pero no estaban. Buscó su caracol y tampoco lo encontró.

Ese día, si no hubiera sido por su papá y por el caballito que acababa de ver, se hubiera sentido como el perro que lo había olisqueado: entre puros extraños.

—Chicles, dulces frescos de tamarindo, de guayaba, paletas, chicles, chicles… —murmuraba, pero muy pocos se le acercaron a comprar.

Cuando vio venir a su padre, el calor le regresó al cuerpo.

—¡Papá! ¡Ni sabes lo que vi! ¿Quieres que te lo enseñe?

—Después, Jacinto; primero vamos a cenar.

Con el último bocado en la boca, volvió a insistir:

—¡Vamos a que te enseñe lo que vi! —y jaló a Emiliano hasta la juguetería.

El aparador estaba iluminado. Luces verdes, rojas y amarillas coincidían encima del caballo.

—¡El caballito, papá! ¡Míralo!

—Estoy cansado, Jacinto —dijo Emiliano.

Y tomando al niño de la mano, lo apartó de la juguetería.

Caminó Jacinto con la cabeza vuelta atrás y la vista en el juguete, hasta que dieron vuelta en la esquina.

Al otro día, luego de surtirse en el depósito, el niño fue y vino sobre la misma cuadra, esperando a que abrieran la juguetería.

Cuando la abrieron, imaginariamente acarició las crines de su caballito, cabalgó en él, escuchó sus cascos, subió montes y desde allí miró las nubes lejos, allá abajo, sobre los poblados.

El ladrido de un perro lo distrajo. Era el perro del día anterior, y le movía las orejas y la cola. Jacinto se acercó, le rascó la cabeza y le dijo:

—Yo soy Jacinto, ¿y tú cómo te llamas?

—Como no me contestas, voy a ponerte Fuego, por el color de tu pelo.

Y Fuego anduvo detrás de él toda la mañana, pero al mediodía, cuando volteó a buscarlo, ya no estaba.

En la plaza mayor encontró a Jerónimo y a Manuel.

—¿Un perro te siguió toda la mañana? ¿De verdad? —exclamó Jerónimo.

—¡Pero lo mejor: quiero enseñarles un caballito que vive dentro de un aparador!

Jerónimo y Manuel aventaron como pudieron su mercancía en los morrales y caminaron detrás de Jacinto.

—¡Ahí está! —señaló Jacinto al dar vuelta en la esquina.

Pegaditos al vidrio acomodaron la cara entre las manos para evitar reflejos. Rato después apareció el empleado, golpeó el cristal desde adentro y con un gesto de furia les hizo señas para que se fueran.

Con los ojos llenos de luz y sin dejar de hablar del caballito, regresaron a la plaza mayor. Jerónimo y Manuel volvieron a tender sus puestos y Jacinto tomó otro rumbo.

Poco a poco fue vendiéndolo todo, hasta que le quedaron sólo los restos del azúcar en la tabla.

Entonces se dirigió al mercado.

—Señor, ¿cuánto por ayudarle a vender? —le dijo a su papá, cerrándole un ojo.

—Depende de lo fuerte que grite —respondió Emiliano, cerrándole también un ojo.

—¿Y cómo tengo que gritar?

—¡Frijoles, habas, garbanzos, cacahuates, chiles secos!

La dulzura de la voz de Jacinto hizo que la mercancía se acabara antes de lo esperado.

Esa noche, entre el ulular del viento, a Jacinto le pareció oír los cascos de un caballo y se vio a sí mismo entrando en la tienda. Y estiró el brazo. Y acarició la madera. Con su roce, el caballo se reanimó, Jacinto lo montó y cargó la cubeta de masa de mamá y las mazorcas de papá. En una de las mazorcas descubrió un caminito de plata. Le dio vuelta y descubrió un hermoso caracol enconchado.

—Caracol, caracol, caracolito… —repitió hasta que el caracol empezó a salir lentamente de su caparazón y extendió sus cuernitos hacia él. Éstos eran flexibles, del color de la tierra, y remataban en un punto negro como la noche—, eres muy bonito fuera de tu casa… —dijo al acariciarlo—. ¿Para qué te ocultas?

El frío era intenso y el niño se enconchó. Un trueno y un relámpago lo despertaron. Se había desatado una tormenta.

El día amaneció lluvioso. Las calles estaban llenas de charcos y de lodo. Jacinto tiritaba, pero después de comprar su mercancía tapó su tabla y se fue a ver a su caballo.

Se vio en el vidrio: su pelo estaba enmarañado y mojado. Con los dedos lo peinó. Sacó después un trapo, lo humedeció en la lluvia,

se limpió la cara y las manos y empujó la puerta.

Fue directo al caballo. Lo rozó y sintió lo áspero de sus crines. La madera suave y cálida le recordó los brazos de su madre.

—¿Qué haces en la juguetería? —le gritó el empleado desde el fondo.

—¿Cuánto cuesta el caballo?

El empleado lo recorrió de arriba a abajo.

—A ti no se te vende.

Y abrió la puerta y lo arrojó a la calle.

En la acera, Jacinto miraba su caballo cuando sintió algo en las piernas. Era Fuego: una y otra vez se le restregaba.

Las calles estaban vacías, pero Jacinto, con Fuego detrás, no dejó de caminar.

A veces, cuando la lluvia arreciaba, niño y perro buscaban refugio en los alerones de las tiendas y de las casas.

A media mañana sintió la necesidad de ir a ver a su caballo. Fuego se habría quedado echado en algún zaguán, resguardándose de la lluvia. En el trayecto, Jacinto pensaba en sus caracolitos: andarían en las veredas de Tenejapa, calentando sus caparazones con los rayos del sol.

Frente al aparador y al mirar las ruedas del caballito, Jacinto se imaginó encima de él, recorriendo en un día muy soleado las veredas de Tenejapa, con sus hermanas a los lados y sus amigos detrás, como *cauda* de una cometa.

—¿Otra vez tú? —dijo el empleado, pero Jacinto ni lo oyó porque en ese momento sus hermanas montaban el caballo y su mamá, sonriente como el sol, las miraba desde la puerta de la casa.

—¡Cuántas veces te he dicho que no quiero volver a verte por acá!

En ese instante un hombre de traje y una niña se dirigían a la puerta de la juguetería. El empleado se apresuró a abrirles.

A través del cristal Jacinto vio cómo les sonreía e inclinaba la cabeza.

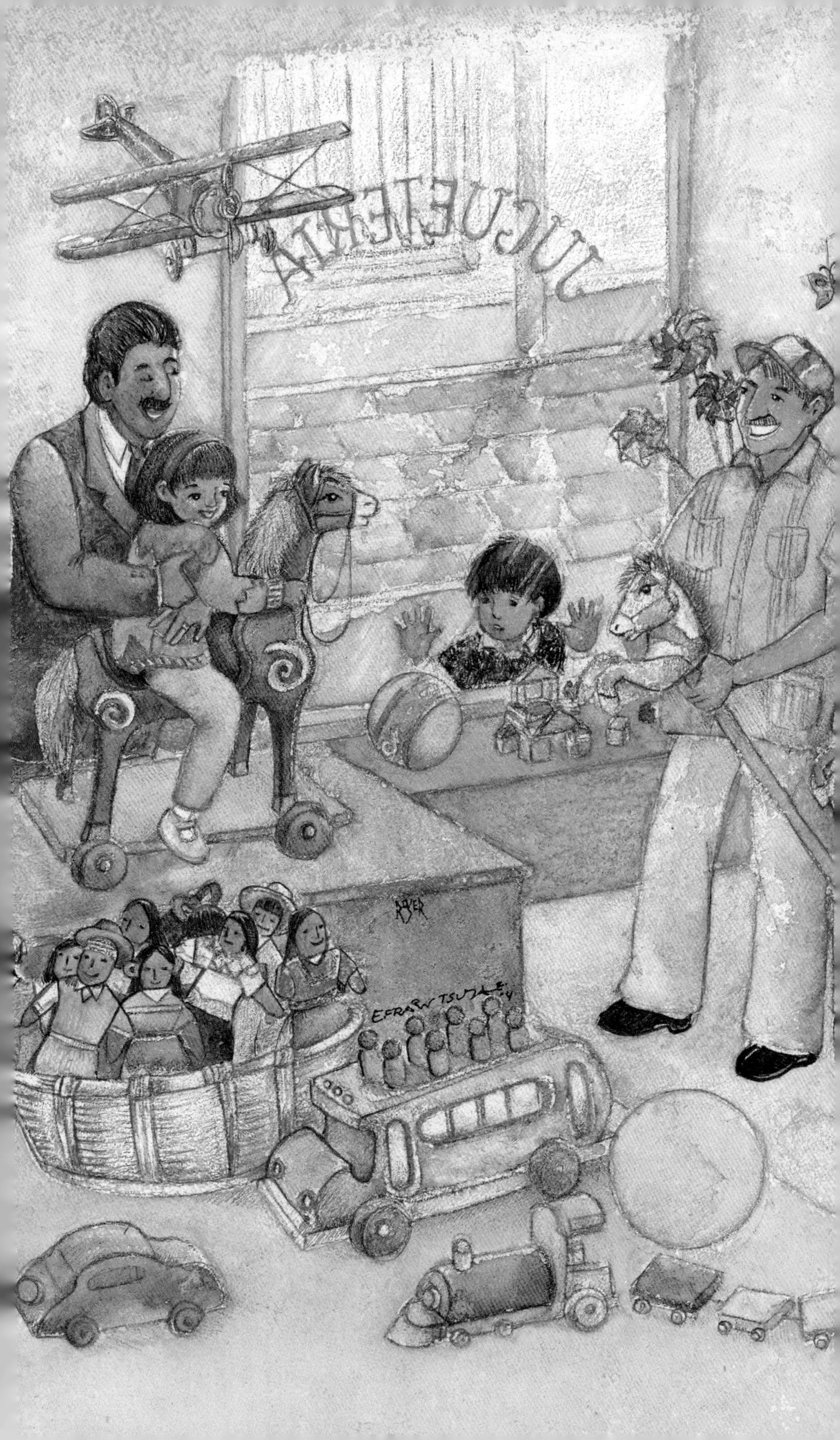
JUGUETERIA

TAXI
TAXI

Apenas la niña señalaba algo, el empleado lo traía, hasta que una montaña de juguetes quedó en el piso.

Entonces la niña volteó al escaparate, vio el caballo y vio a Jacinto más allá del aparador mirando con fijeza el juguete.

La niña señaló hacia el aparador y a Jacinto se le encogió el estómago.

El empleado retiró el juguete, lo colocó en el suelo y la niña subió y paseó por la juguetería en el caballo. Su risa salía de la tienda mientras el corazón de Jacinto casi dejaba de latir.

Cuando el señor del traje extrajo unos billetes y los entregó al vendedor, el frío y la oscuridad envolvieron al niño.

El empleado hizo una reverencia, tomó las riendas, se las entregó a la niña y ésta salió jalando el caballito.

—Es mío, no se lo lleven —balbuceó el niño y, sin pensarlo, se abalanzó sobre él y alcanzó a sujetarse de su cola.

El hombre del traje lo empujó y Jacinto cayó en un charco. Entonces un taxi se detuvo y el hombre, la niña y el caballo lo abordaron.

Las lágrimas se le mezclaban a Jacinto con el lodo, mientras, con los puños cerrados, golpeaba el empedrado.

Cuando el niño abrió las manos para limpiarse la cara, descubrió unas cuantas hebras de la cola del caballo entre sus dedos.

Todavía levantó la vista y vio a su caballito dentro del taxi, alejándose, alejándose para siempre jamás.

*Mi agradecimiento para Paco Pacheco,
con quien he recorrido los tenues hilos de plata
de la imaginación.*

GLOSARIO

Atole: bebida caliente de harina de maíz disuelta en agua o leche

Cauda: cola de la cometa.

Chayote: fruto tropical.

Chile: planta usada para condimentar, generalmente de sabor picante.

Guayaba: fruta tropical.

Güiro: instrumento musical.

Huarache: sandalia tosca.

Jalar: tirar de una cuerda, atraer.

Jitomate: tomate.

Macana: garrote o porra de madera.

Marimba: instrumento musical de percusión.

Morral: saco para llevar las provisiones.

Nixtamal: maíz cocido destinado a hacer tortillas.

Olote: corazón de la mazorca de maíz después de desgranada.

Paleta: caramelo con un palito.

Papa: patata.

Perol: cacerola, vasija de metal para cocinar.

Petate: estera de palma utilizada para dormir sobre ella.

Pozole: guiso de maíz tierno, carne y chile con caldo.

Quesadilla: pastelillo de masa y queso.

Tamal: empanada elaborada con masa de maíz que suele rellenarse con diversos alimentos.

"Arriba de mi armario, cuando era pequeña, vivía un loro que me cuidaba. Me despertaba muy temprano para ir a la escuela y, si no me levantaba, picoteaba mi pelo. Loreto, como lo llamaba, era buen amigo de Or, un pececito rojo que vivía dentro de una pecera en mi buró, y a quien le cambiaba el agua y le daba de comer todos los días.

Me gustaba trepar árboles, sobre todo uno muy alto que estaba en el centro del parque donde iba a jugar. En ese parque había también una enorme cascada. Sin que nadie me viera, me quitaba zapatos y calcetas y metía los pies a refrescar. Brincaba después de piedra a piedra y llegaba empapada a casa".

Silvia Dubovoy nació en México D. F., y allí ha residido toda su vida. Ha sido maestra e investigadora en la Universidad Autónoma de México durante veintidós años. Ligada siempre a la investigación sobre la lectura, los cuentos, la comunicación, etc., decide escribir sus propios cuentos (infantiles y también para adultos) a raíz del nacimiento de sus nietos, fuente de inspiración para ella. Ella misma se define como "una experta buzo que vuela sobre mantarrayas en el mar, y con sus libros didácticos y cuentos vuela por el cielo de las palabras y de la imaginación". Se declara amante de la naturaleza, del mar, de su familia y especialmente de sus nietos.